LA DANSOMANIE,

FOLIE-PANTOMIME,

EN DEUX ACTES;

Du Cen. GARDEL,

MEMBRE DE LA SOCIÉTÉ PHILOTECHNIQUE.

Représentée pour la première fois sur le THÉATRE DE LA RÉPUBLIQUE ET DES ARTS, le 25 Prairial, an 8.

PRIX : 75 centimes.

De l'Imprimerie de BALLARD, Imprimeur dudit Théâtre, rue des Mathurins, N°. 528.

AN VIII DE LA RÉPUBLIQUE.

RÉFLEXIONS DE L'AUTEUR.

Depuis le 5 Mars 1793 (v. s.), époque à laquelle j'ai donné mon dernier ouvrage (le Ballet de Pâris), je suis resté dans une apparente oisiveté. Je m'en suis mille fois désespéré; mes amis s'en sont plaints; d'autres personnes m'ont dénoncé comme coupable de stérilité. J'ai opposé à mon désespoir, ma raison, (c'est peu); aux plaintes de mes amis, les motifs de cette oisiveté, (c'est assez); et j'ai laissé parler et écrire les autres, (c'est beaucoup). Mais enfin, arrivé au moment de soumettre une de mes nouvelles productions aux lumières du Public, je lui dois toute la vérité; je profite donc de cette circonstance pour lui assurer que, pénétré des encouragemens qu'il a bien voulu me donner dans les différens essais que je lui ai présentés, je me serois jugé moi-même indigne de ses bontés, si j'avois négligé de faire de nouvelles tentatives pour les mériter réellement. Je n'ai donc cessé de travailler et malgré toutes les difficultés qu'une infinité de circonstances pourront peut-être encore m'offrir, je travaillerai toujours. Déjà mes travaux m'ont valu quatre ouvrages reçus par les diverses administrations, indépendamment de plusieurs autres qui gémissent, en porte-feuille, de leur inutilité. Cependant me voilà affiché : est-ce un Ballet que je vais présenter ? Non ; c'est une plaisanterie, une véritable bluette, un rien ; sans autre espèce de prétention, que celle d'offrir, sous le masque de la gaîté, les graces et les divins talens que le Public chérit à tant de titres. Je lui demande justice pour eux, et pour moi je réclame toute son indulgence.

DIVERTISSEMENT
DU Ier. ACTE.

GROS PAYSANS.

Mesdames CHEVIGNY, PÉRIGNON, COLLOMB.

Les Citoyens Simonet, Lebel, Deschamps, Cantagrelle, Borda.

Mesdames Léon, Denisavircel, Courtois, Gauthier, Gabrielle 1re.

VILLAGEOIS.

Les Citoyens Coulon, Auguste, Saron, Eve, Gogot.

Mesdames Gabrielle 2e., Telle jeune, Victoire, Marcillier aînée, Marcillier cadette.

JEUNES SAVOYARDS.

Le Citoyen HENRY l'aîné.

Mesdemoiselles DUPORT, ADELE.

Les Citoyens Romain, Baptiste, Henry cadet, Léon.

Mesdemoiselles Bilet, Rivière, Jeannette, Fany.

PREMIER DIVERTISSEMENT
DU DEUXIEME ACTE.

JEUNES SAVOYARDS.

Mesdemoiselles FLORINE, DELPHINE.

Le Citoyen SIMON.

Les Citoyens Liger, Anatole, Beaudry, Beauglin, Rosier, A. Toussaint.

Mesdemoiselles Balan, Launer, Toinette, Adere, Mélanie, Aimée.

VIEUX CULTIVATEURS.

Les Citoyens Lhuillier, Butteau, Honoré.

Mesdemoiselles Hortense, Puisieux, Cornu.

DEUXIÈME DIVERTISSEMENT.

EN TURCS.

Le Citoyen MILON.

Les Citoyens Simonet, Lebel, Deschamps, Cantagreile, Borda.

Mesdames Léon, Denisavircel, Courtois, Gauthier, Gabrielle 1re.

EN CHINOIS.

Le Citoyen BEAUPRÉ.

Les Citoyens Coulon, Auguste, Eve, Saron, Gogot.

Mesdames Gabrielle 2°., Telle jeune, Mareillier, Victoire, Mareillier cadette.

EN BASQUES.

Le Citoyen VESTRIS.

Madame GARDEL.

Les Citoyens Delahaye, Béguin, Bozon, Casimo, Verneuil.

Mesdames Barrée, Bourgeois l'aînée, Boilay, Dufresne, Buisson.

SIX VALETS.

PERSONNAGES.

M. DULÉGER, dansomane, pro-
priétaire d'un château situé en Savoye, Cit. *Goyon.*

Mme. DULÉGER, son épouse, M^l. *Clotilde.*

PHROSINE, leur fille, amante de
Demarsept, Mme. *Gardel.*

CASTAGNET, frère de Phrosine,
enfant de cinq ans, Cit. *Simon.*

DEMARSEPT, amant de Phrosine,
Colonel d'Infanterie, Cit. *Vestris.*

JOHN, son Jockei. Cit. *Taglioni.*

M. FLICFLAC, Maître à danser, Cit. *Milon.*

BRISOTIN, son Prévôt, Cit. *Beaupré.*

PASMOUCHETÉ, Valet gaîment
imbécille, Cit. *Branchu.*

Un vieux Fermier, Cit. *Aumer.*

Son Fils, jeune marié, Cit. *Beaulieu.*

Une vieille Fermière, Mlle. *Coulon.*

Sa Fille, jeune mariée, M^e. *Chameroy.*

Un Officier, frère de Mme. Duléger, Cit. *Gardel.*

Jeunes Parentes de Mme. Duléger, { M^{ll}. *Delisle.*
{ M^{es}. *Millière.*
{ M^{es}. *Louise.*

M. DESCARPES, Cordonnier, Cit.

L A

LA DANSOMANIE, (1)

FOLIE-PANTOMIME,
EN DEUX ACTES.

ACTE PREMIER.

Le Théâtre représente une Campagne ; sur un des côtés on apperçoit l'intérieur d'un des pavillons du château de M. DULÉGER. Devant ce pavillon est un petit jardin en forme de cour, entouré d'une grille. Sur l'autre côté l'œil pénètre dans l'intérieur de la maison du jeune Colonel, et le fond est un côteau qui se fait voir par-dessus le petit jardin, et qui conduit à un village.

SCÈNE PREMIÈRE.

Une ouverture, composée des plus jolies phrases des airs de danse les plus agréables,

(1) Je pressens les reproches que l'on peut m'adresser sur ma hardiesse à me servir d'un terme qui n'est point reconnu français ; mais comme il est le *seul* qui exprime juste l'idée de cette folie, j'ai cru pouvoir m'en servir, sans tirer à conséquence.

A

dispose à la gaîté. Au lever de la toile, on voit paroître sur la montagne M. Duléger, portant son fils sur ses bras : il vient de faire sa promenade du matin, et il descend jusqu'à la grille de son petit jardin, non pas en marchant, mais en bondissant toujours. Une fois entré chez lui, il pose son fils sur un banc de gazon, et, en lui tenant les mains, il danse devant lui, et le fait danser aussi.

SCÈNE II.

PASMOUCHETÉ sort du pavillon, et voyant son maître occupé de sa manie, il satisfait la sienne en sautant derrière M. Duléger, en cherchant à imiter les pas qu'il lui voit faire, et en prouvant par-là que les valets sont souvent les singes de leurs maîtres.

SCÈNE III.

Mme. DULÉGER arrive à son tour, et à la vue de cette scène, elle reconnoît bien là son mari et son digne valet. Elle arrête celui-ci dans la chaleur de sa danse, et lui ordonne de préparer le déjeûner dans le pavillon. Pasmoucheté obéit, et Mme. Duléger embrasse son fils, en tendant la main à son époux ; ensuite ils se placent dans le petit sallon du rez-de-chaussée du pavillon, et prennent le chocolat. Pasmoucheté, qui est derrière le fauteuil de Madame, fait de tems en tems quelques petits ronds de jambe, que M. Duléger ne manque pas de remarquer. Son épouse ne sait ce qui donne tant de distractions à son mari, et pendant qu'elle en cherche la cause, le jeune officier paroît à sa fenêtre.

SCÈNE IV.

DEMARSEPT porte ses regards amoureux
vers l'appartement de la charmante Phrosine;
ce n'est pas en vain qu'il les y porte, car
Phrosine s'y présente aussi-tôt. (On la voit
dans la chambre au-dessus de celle où est son
père). Les gestes du jeune officier expriment
tout l'excès de la passion que Phrosine a su lui
inspirer, et l'embarras modeste de l'aimable
Phrosine laisse voir qu'elle n'y est point insen-
sible. Demarsept la conjure de lui indiquer les
moyens d'obtenir sa main. Phrosine cherche
à lui faire entendre qu'il faut la demander aux
auteurs de ses jours; mais l'officier n'entend
pas, ou plutôt il feint de ne pas entendre. Il
engage Phrosine à lui écrire... Phrosine hé-
site... Mais... comment résister long-tems
aux sollicitations de l'objet qu'on aime? Elle
se met donc à écrire, et son amant est enchanté!.... Tandis que ces jeunes gens sont
tout à leur amour, le déjeûner se termine, et
Pasmoucheté en emporte les débris; mais ce
pauvre garçon voulant faire quelques petits pas

battus accroche du pied quelque chose, et renverse le plateau et tout ce qui est dessus. M. Duléger entre en fureur; il veut chasser le mal-adroit valet. Celui-ci le prie, le conjure de ne le pas renvoyer pour une faute involontaire; mais M. Duléger tire sa bourse pour le payer. Le malheureux Pasmoucheté revient encore supplier son maître; il refuse l'argent et lui dit que c'est en essayant ce pas (il fait deux jetés-battus et un entrechat) que son pied s'est accroché. Alors la figure du Dansomane s'anime; il regarde Pasmoucheté, lui fait recommencer son joli pas, et d'un air satisfait il dit à sa femme : ce petit gaillard là a de la jambe, il est leste, bien tourné; et après l'avoir flatté de la main, il lui pardonne sa mal-adresse en faveur de la cause. Mme. Duléger rit de la folie de son mari... Notre Dansomane cherche à faire les deux jetés-battus et l'entrechat; mais il ne les trouve pas très-faciles : il se tourmente, se désole, s'embrouille les jambes, et ne peut enfin parvenir à son but. Mme. Duléger fait signe à Pasmouchete de se retirer, d'emmener son fils et de faire venir sa fille. *(Ils sortent.)*

A 3

SCÈNE V.

CETTE mère tendre voulant mettre à profit l'instant où elle est seule avec son mari, elle lui prend la main et l'amène sur l'avant-scène; là, elle lui parle de sa fille; elle lui dit qu'il est tems de s'occuper de son établissement, de la marier enfin. Mais ces deux jetés-battus remplissent tellement l'esprit de M. Duléger, qu'il regarde plus ses jambes qu'il n'écoute son épouse. En ce moment, la lettre de Phrosine, attachée au col d'une amoureuse tourterelle, part et arrive dans les bras du jeune officier, qui l'attend avec une inquiète impatience. Phrosine est tremblante; Demarsept couvre de mille baisers et la colombe et la lettre, et Mme. Duléger enrage de voir continuellement sauter son mari. Phrosine, dans son billet, engage son amant à faire à ses parens la demande de sa main, et Demarsept, ne voulant pas avoir à se reprocher la perte d'une minute, part à l'instant pour se rendre au château.

SCÈNE VI.

PHROSINE, suivie de son frère et de Pas-mouchetté, descend au jardin pour embrasser sa mère et pour saluer son père ; mais elle le trouve tellement échauffé, qu'avec un mouchoir qu'elle déploie, elle étanche la sueur qui coule de son front.

SCÈNE VII.

M. FLICFLAC arrive avec Brisotin son prévôt : il salue M. et Mme. Duléger avec toute la grace d'un maître à danser de Savoie. En dehors de la grille on voit le Colonel, suivi de son jockei ; il vient pour se présenter aux parens de Phrosine, ainsi qu'elle l'y a engagé ; mais elle lui fait signe d'attendre un moment plus opportun. M. Duléger s'empare du Maître à danser, et lui demande les moyens de faire ces maudits jetés-battus qui le tourmentent. M. Flicflac les fait devant lui, et lui prenant les mains, il les lui fait faire, les lui fait refaire, et lui fait tant faire, que ce pauvre M. Duléger n'en peut plus ;

A 4

mais il est parvenu à vaincre les difficultés, et cela lui fait oublier la fatigue. Pendant ce tems M.me. Duléger examine attentivement sa fille; Phrosine ne s'en appercevant pas, porte toujours ses yeux sur le jeune officier qui se promène sur le côteau. Cela lui donne de justes soupçons; elle s'approche de sa fille, et d'un regard elle la fait rougir et baisser les yeux. Notre Dansomane demande à son maître s'il y a quelques pas nouveaux. S'il y en a, répond le savant maître! regardez Monsieur... Alors il lui fait les nouveaux tems de cuisse doublés, triplés, quadruplés; les pas où l'on jette ses jambes en avant l'une après l'autre; les pirouettes sur le coude-pied, les walses, les arabesques, et enfin tous ces pas qui ridiculisent nos danses de ville, et qui ne déparent que trop souvent celles de nos théâtres. M. Duléger en essaye quelques-uns. Pasmoucheté derrière lui veut imiter son maître; mais il a le malheur d'accrocher M. Duléger, qui lui ordonne de rentrer au château sur-le-champ. Le pauvre Pasmoucheté obéit, mais c'est bien malgré lui.

SCÈNE VIII.

M. DULÉGER s'assied, fait asseoir son épouse et engage M. Flicflac à donner leçon à sa fille : que voulez-vous qu'elle danse ? dit M. Flicflac à M. Duléger. La nouvelle Gavotte, répond-il ; et Phrosine et le maître exécutent la Gavotte de *Vestris*. Pendant le cours de cette danse agréable, M. Duléger est transporté, il applaudit, il rit, il jouit enfin, et il prouve bien en ce moment toute sa folie pour la danse. L'officier qui ne perd pas un mouvement de Phrosine, fait bien voir aussi tout l'excès de la sienne pour la charmante danseuse. Enfin M. Duléger embrasse sa fille avec un transport qui tient du délire. Le jeune officier le voyant si ravi, croit l'instant propice, et il se présente avec cet air décent, honnête et poli qui accompagne toujours les gens bien nés : il salue respectueusement M. et Mme. Duléger, et il s'approche de Phrosine pour lui faire aussi sa révérence ; mais ces tendres amans se voyant d'aussi près pour la première fois, rougissent et restent immobiles..... Après un assez long laps de tems, M. Duléger, impatienté de l'immobilité de cet étranger, le prend par le bras et lui demande *s'il ne peut pas l'instruire du sujet qui l'attire?* Demarsept alors s'appercevant, un peu tard, de son étourderie, cherche à la réparer par des honnétetés ; ensuite il fait entendre à M. et Mme. Duléger, qu'il est Colonel d'Infanterie, que sa fortune est belle, que sa famille est honnête, qu'il ressent pour la charmante Phrosine l'amour le plus tendre, et qu'il vient offrir son cœur, sa fortune et sa main. Phrosine ne peut cacher le tremblement qui s'empare de tous ses membres ; sa mère, que la scène précédente vient d'instruire, s'en apperçoit facilement : mais elle témoigne plus de plaisir que de colère. M. Duléger semble assez flatté de la proposition ; cependant, sans cesse occupé de sa manie, il demande à l'officier s'il sait danser la Gavotte de *Vestris?* Demarsept ne pensant pas que cette danse peut être nécessaire à la réussite de son mariage, répond non avec assez d'indifférence. Alors M. Duléger dit à l'officier : « Touchez-là, Monsieur, ma fille n'est pas pour vous ». La foudre

n'est pas plus prompte à frapper la terre, que
ce mot ne frappe nos malheureux amans et
la bonne Mme. Duléger : ils tentent tous trois
de fléchir ce ridicule dansomane, mais leurs
efforts sont inutiles ; il déclare que sa fille
ne sera l'épouse que de l'homme qui dansera
le mieux. Flicflac est enchanté, la mort est
dans le cœur de la sensible Phrosine, Mme.
Duléger est outrée, et l'officier est frappé
d'étonnement ; ce ridicule lui semble si neuf,
qu'il a peine à y croire. Mme. Duléger cherche
dans sa tête le moyen de surprendre la reli-
gion dansante de son mari, et tandis que
celui-ci tourne ses pieds et qu'il baisse ses
pointes devant la glace de son cabinet, en
regardant M. Flicflac, elle fait entendre aux
jeunes amans que l'espoir ne doit point les
abandonner, qu'elle a conçu un projet qui
doit leur assurer le bonheur.

SCÈNE IX.

PASMOUCHETÉ accourt jovialement et dit à l'oreille de M. Duléger qu'une foule de jeunes paysans est dans le jardin et demande à le voir. M. Duléger lui fait signe de se taire, et il quitte sa compagnie en catimini.

SCÈNE X.

Mᵐᵉ. DULÉGER, qui s'apperçoit du départ de son mari, profite de son absence pour rassurer sa fille et pour promettre son appui à l'officier. Elle appelle M. Flicflac et elle l'instruit de son dessein ; elle lui demande une fête dans laquelle elle veut que des Chinois, des Turcs et des Basques se disputent, en dansant, la main de sa fille. Le maître intelligent lui répond qu'elle sera satisfaite ; que lui sera Turc, son prévôt Chinois, le colonel Basque ; et il fait entendre qu'il saura même tirer parti du joli petit Castagnet. Il sort, appelle Brisotin, qui le suit en faisant des brisés, et M.ᵐᵉ Duléger emmène ses enfans pour les préparer à la petite supercherie qu'elle projette.

SCÈNE XI.

M. Duléger avance la tête hors de son cabinet, pour voir s'il est enfin débarrassé des importuns, et comme son petit jardin est libre, il appelle toute sa société. L'on voit sortir du pavillon une grande file de Savoyards de tout âge, de tout sexe, qui, se tenant deux par deux, forment de suite une danse du pays, qui enchante M. Duléger et son joyeux valet : tous deux essaient les pas qu'ils voient faire et qui leur semblent nouveaux. Différentes danses se succèdent et plaisent également à M. Duléger ; il fait apporter des rafraîchissemens ; tous nos Savoyards se grouppent à terre, et profitent de la générosité du maître du château.

SCÈNE XII.

DEUX vieux Fermiers, homme et femme, amènent à M. Duléger leurs enfans, prêts à se marier, et ils le prient de leur faire l'honneur de mettre sa signature à leur contrat de mariage. M. Duléger s'y prête d'abord avec assez d'indifférence, mais Pasmoucheté connoissant le foible de son maitre, fait signe aux deux jeunes gens de danser, et ils forment de suite quelques pas : alors M. Duléger ajoute, à sa signature, plusieurs billets qu'il tire de son porte-feuille et qu'il remet aux vieillards. Les jeunes époux témoignent toute leur reconnoissance à leur bienfaiteur, en dansant un joli pas de deux, qui enchante tellement M. Duléger, qu'à chaque pas, à chaque passe il tire de nouveaux billets dont il augmente la dot des jeunes époux.

SCÈNE XIII.

M. DESCARPES arrive par la grille : il porte un grand sac rempli de toutes sortes de souliers. M. Duléger s'assied, et demande permission d'essayer les siens : il examine les différens paquets que le cordonnier sort de son sac, et voyant sur l'un d'eux écrit en grosses lettres, *Vestris*, il veut absolument les mettre : le cordonnier s'y oppose ; mais, la bourse de M. Duléger vient au secours de sa demande, et voici notre dansomane aux prises avec les souliers de Vestris : ils sont trop petits, mais la résistance anime le courage de M. Duléger, et à force de frapper, de suer et de se tourmenter, il parvient enfin à s'emprisonner les pieds ; aussi-tôt il se lève et se met à danser un des grands pas de Vestris, persuadé qu'ayant acquis l'instrument d'un artiste fameux, il doit avoir acquis de même son grand talent : mais il prouve clairement que ce ne sont pas les pinceaux qui font le grand peintre. Cependant, l'enjouement qu'il met à danser, le plaisir qu'il y trouve, ranime de nouveau tous les paysans; ils dansent tous autour de M. Duléger; le cordonnier même s'en mêle, et la gaîté est générale : mais il n'est point de plaisir qui ne fatigue, et M. Duléger, en ce moment, est près d'étouffer; la sueur qui coule en abondance, et plus encore ses souliers étroits, le forcent à rentrer dans son pavillon pour se changer. Il dit adieu à la bande joyeuse, qui sort par la grille et qui s'étend sur la montagne, en dansant toujours. M. Duléger a tant de plaisir à les regarder, qu'il ne rentre que lorsqu'il n'en peut plus voir un seul.

Fin du 1er. *Acte.*

ACTE

ACTE DEUXIÈME.

Le Théâtre représente un Salon orné pour une Fête ; des lustres et des girandoles, convenablement distribués, l'éclairent ; le milieu est ouvert sur les jardins, et l'on voit tout au fond la façade du château de M. Duléger ; une terrasse avance au milieu, et deux escaliers tournans et séparés par un troisième qui descend droit, conduisent aux jardins ; le château est illuminé.

SCÈNE PREMIÈRE.

TOUTE la maison de M. Duléger est occupée à cueillir des fleurs et à en former des bouquets : jardiniers, valets, enfans, tous travaillent. Mme. Duléger et sa fille, galamment vêtues, descendent du château après avoir donné plusieurs ordres à la porte. Elles sont suivies de quelques amis qui portent des instrumens de musique, et de plusieurs pa-

B

rentes de M. Duléger, qui se disposent à le
fêter. La bonne maîtresse remercie tout le
monde de l'activité qu'on met à satisfaire à
son vœu ; elle demande aux enfans s'ils ont
bien retenu leur leçon, ensuite elle arrange la
robe de sa fille, qui laisse voir un peu le dégui-
sement qu'elle doit cacher. On entend du bruit
dans le pavillon, et tout le monde se retire.

SCÈNE II.

M. DULÉGER descend dans son jardin pour
prendre le frais ; il est habillé, et frappe continuellement du pied par terre pour rompre
un peu sa chaussure qui le gêne sans cesse ;
mais son étonnement est extrême lorsqu'il
voit tous ces préparatifs de fête : il appelle.
Un bruit de vielle vient se faire entendre.

SCÈNE III.

PLUSIEURS jolis enfans, tenant des bouquets et des petites corbeilles garnies de fleurs,
viennent en dansant les offrir à M. Duléger :
ils sont suivis de quelques vieux jardiniers

qui portent des paniers remplis des plus beaux fruits. M. Duléger, qui ne se rappelle pas que ce jour est celui de sa fête, ne sait ce que cela veut dire ; mais, voyant arriver sa femme et sa fille, qui se jettent dans ses bras en lui présentant de superbes bouquets, il ne tarde pas à être au fait, et à s'attendrir du souvenir aimable de sa chère épouse. Il les presse dans ses bras, les embrasse, et il engage tous ces petits Savoyards à se divertir : ils dansent. Deux jeunes et jolies Savoyardes apportent une boîte et demandent à M. Duléger s'il désire voir la marmotte ? Il y consent, et veut même ouvrir la boîte ; mais quelle surprise ! son petit Castagnet, son joli petit garçon, en sort vêtu en Savoyard, un bouquet à la main, et il lui danse le véritable air savoyard. Pendant ce tems, on place en face de M. Duléger plusieurs pupitres, et les amis que Mme. Duléger vient d'amener, exécutent un morceau sur lequel les jeunes parentes, vêtues en bergères galantes, viennent offrir en dansant leurs bouquets à M. Duléger : des larmes de plaisir coulent de ses yeux, mais une musique bruyante et de différens

B 2

caractères se fait entendre dans le château. M. Duléger peint son étonnement ; son épouse jouit, et le cœur de la sensible Phrosine est bien agité.

SCÈNE IV.

LES portes s'ouvrent, on voit paroître Brisotin en Chinois, il précède une troupe de garçons et de filles vêtus de même ; M. Flicflac, devenu Turc, suit ce quadrille, suivi lui-même d'une foule de Turcs ; et enfin, Demarsept, à la tête d'une girandole de Basques, dont il porte aussi le costume, termine gaîment ce cortége. Des musiciens Chinois, Turcs et Basques, marchent devant chaque division ; ils descendent tous en dansant et en se séparant par les deux escaliers des côtés, et chaque coryphée enfile celui du milieu : ils forment dans le jardin plusieurs dessins, et chaque quadrille, selon le costume qu'il porte, salue à sa manière M., Mme. et Mlle. Duléger. Ensuite le Basque, le Chinois et le Turc, déclarent ensemble à M. Duléger qu'ils prétendent à la main de sa fille, qu'ils sont prêts à se la disputer par la voie des talens, et que c'est lui seul qu'ils veulent pour juge. M. Duléger ne se sent pas de joie; l'honneur qu'on lui rend le fait grandir de moitié; il regarde sa femme, sa fille, son valet, en relevant son col; et placé, les deux jambes écartées et bien tournées, il bondit sur ses coude-pieds. Alors, acceptant la flatteuse proposition, il proteste que sa fille sera la récompense du vainqueur: il s'assied près du pavillon avec sa femme, et il place sa fille entr'eux d'eux; Pasmoucheté est derrière lui, tous les petits Savoyards sont grouppés sur les degrés du pavillon, et tous les assistans le sont sur les divers escaliers du château. M. Duléger donne le signal, alors le petit Chinois parcourt vivement la lice, et par des pas tout-à-fait extraordinaires, flatte infiniment son juge, qui lui fait mille complimens et qui lui dit que ce pas sur-tout (il fait un des pas que vient de former le petit Chinois) est charmant. Phrosine tremble en voyant la satisfaction de son père..... Le Turc se présente, il se déploie et exécute une danse très-belle, sans doute, mais qui a bien le don

d'ennuyer M. Duléger. Son impatience se
manifeste au point qu'il se lève et qu'il arrête
le triste danseur au milieu de son entrée. Le
prétendu Turc affecte une terrible colère ;
mais le Basque se faisant devancer par son
joyeux cortège, met fin à ces débats en se-
mant le plaisir sous ses pas. La gaîté le conduit la légèreté le soutient, et les grâces
l'entourent. Ha ! c'est alors que M. Duléger
jouit ! c'est alors que tout son sang bouillonne
et qu'il ne se peut contenir. Tout danse en
lui, ses bras, ses jambes, son siége même
semble sauter aussi, et il a bien moins l'air
d'un juge que d'un malheureux piqué de la
Tarentule. Phrosine profite de ce moment pour
jetter bas sa robe, sa coiffure, et avec l'aide
de sa mère, la voilà mise en Basque et lancée
dans l'arène avec son bien-aimé. Le pauvre
M. Duléger est près de devenir décidément
fou. Ces passes vives et agréables, ces grouppes
séduisans et cet ensemble parfait dans les pas
charmans que forment ces deux Basques, l'ont
tellement ébloui qu'il est bien loin de recon-
noître sa fille. Il se lève enivré, prend la
main de sa femme, et croyant tenir celle de

sa fille, il unit son épouse au ravissant danseur. Mme. Duléger le fait appercevoir de sa
méprise ; alors il cherche sa fille, il ne la
trouve pas, et comme il suppose qu'elle veut
se soustraire à l'époux qu'il lui destine, il
est furieux ; il court dans le pavillon pour
amener lui-même le prix au vainqueur.....
Mais quelle est sa surprise, lorsqu'à son re-
tour, au lieu de Turcs, de Chinois et de
Basques, il trouve à ses pieds Demarsept, sa
fille, sa femme, M. Flicflac, Brisotin, et tous
les Savoyards ses vassaux...... Ses yeux se
dessillent, il voit le piége dans lequel il est
tombé, et il regarde sa femme, qui lui avoue
volontiers sa ruse. Elle demande le pardon
de ses enfans, et M. Duléger ne répond qu'en
les serrant étroitement dans ses bras. Il unit
les tendres amans, à condition qu'ils danseront
encore ; il embrasse son épouse, et donnant
l'exemple à tous, il fait terminer cette folie
par les danses les plus vives et les plus gaies.

F I N.

www.ingramcontent.com/pod-product-compliance
Lightning Source LLC
Chambersburg PA
CBHW061606180626
46818CB00005B/1971